AF310898

RAB ET SES AMIS.

PARIS. — IMPRIMERIE GÉNÉRALE DE CH. LAHURE
Rue de Fleurus, 9

JOHN BROWN, M. D.

RAB ET SES AMIS.

TRADUIT DE L'ANGLAIS

PAR

CHARLES BERNARD-DEROSNE.

SEULE ÉDITION FRANÇAISE AUTORISÉE.

PARIS:

GRASSART, LIBRAIRE-ÉDITEUR

3, RUE DE LA PAIX, ET RUE SAINT-ARNAUD, 4

1865

A MES FILS

LUCIEN, YORICK, ET GASTON.

Décembre 1864.

CH. BERNARD-DEROSNE.

PRÉFACE.

IL y a quatre ans, mon oncle, le Révérend Docteur Smith, de Biggar, me demanda de faire une lecture dans mon village natal, la petite capitale encaissée de l'Upper Ward. Jamais je n'avais fait de lecture publique, je ne savais comment m'y prendre; mais *Avunculus* était pressant, et j'avais moi-même une espèce d'étrange désir de dire quelque chose à ces bonnes gens primitifs, les compagnons de ma jeunesse, que j'avais quittés quand ils n'étaient encore que de petits garçons et de petites filles. Je ne savais quel sujet choisir. A la fin je me dis : " Je leur dirai l'histoire d'Ailie. " Je me l'étais souvent répétée à moi-même; elle me poursuivait quelquefois avec obsession, comme si elle me demandait de la raconter, et comme si j'entendais Rab pleurer à la porte et demander à entrer, —

" En murmurant qu'il serait bien sage et bien gentil; "

ou comme si James me suppliait sur son lit de mort de

dire à tout le monde ce qu'était son Ailie. Mais c'était plus aisé à dire qu'à faire. J'avais essayé, essayé encore, mais inutilement. Enfin, après un agréable dîner à Hanley — pourquoi les dîners sont-ils toujours agréables à Hanley? — et une course en voiture pour revenir seul chez moi par

" Le clair-obscur et le calme suprême "

d'une nuit d'été, je m'assis devant mon bureau à minuit, et je ne le quittai qu'à quatre heures, après avoir terminé mon récit. Je me mis au lit satisfait, mais glacé. Je crois que je n'eus presque rien à y changer. Je fis la lecture de ce travail aux bonnes gens de Biggar, dans la salle de l'école; j'avais bien peur, je sentais que je lisais mal, et les regards embarrassés et affectueux de mes honnêtes auditeurs semblaient me le confirmer. De retour chez moi, je communiquai mon histoire à quelques amis auxquels elle plut; ma première idée fut de la faire imprimer telle qu'elle se produit maintenant avec des illustrations.

Mes bienveillants et habiles amis, Lady Trevelyan, Mrs. Blackburn, George Harvey, et Noel Paton firent des dessins; ce sont les mêmes qui sont publiés aujourd'hui, à l'exception de celui de Lady Trevelyan. Il représentait le retour du voiturier à travers la neige; mais, si beau qu'il fût, il a été malheureusement impossible de l'employer, car il était en désaccord avec le texte sur la localité. La scène s'y passait dans une grande plaine désolée, et l'on voyait, tableau tout à fait concentré, mais plein d'expression, le malheureux homme pressant la pauvre Jess, tout ahurie, sur la route sans écho — le petit nombre de ceux qui composent ce groupe de famille, la connaissance de l'objet qui les rassemble, l'aspect sombre et glacial du lieu, tout contribuait à faire naître une émotion pathétique.

Mais l'effroi de la publicité me saisit, et je m'arrêtai. Cependant quelques amis me dirent que Rab pouvait passer au milieu des autres « Heures de loisir ; » c'est ce qui arriva ; et ce fut pour moi une grande joie de voir combien il s'était fait d'amis.

J'étais l'autre jour à Biggar, et quelques-uns de ces braves gens me dirent, avec le sourire grave de ce pays, que lorsque Rab leur était arrivé imprimé, il leur avait paru si bien qu'ils ne pouvaient croire que ce fût le même Rab qu'ils avaient entendu lire dans la salle de l'école — témoignage plus décisif que flatteur de la puissance de ma parole sur la multitude.

Le gros chien de M. Harvey n'est pas un portrait de Rab, c'est celui d'un vigoureux et vieux compagnon, aussi gros, aussi grand, et aussi bon que lui. Il avait dix-neuf ans lorsqu’on a fait ce portrait, étendu à terre avec insouciance. Sa mère était une chienne de Terre-Neuve de couleur fauve, et son père un limier épagneul.

J’éprouve un véritable sentiment de plaisir à penser que parmi les têtes d’enfants, si délicatement rendues par M. Lumb Stocks, se trouvent celle de la petite fille de l’artiste qui m’est cher et celle de ma propre fille ; je ne dirai pas que ces portraits leur ressemblaient. Je n’ai pas besoin d’ajouter que cette petite histoire est vraie sur tous les points essentiels, bien que si j’étais Shakspeare, il pourrait être curieux d’indiquer les endroits où la fantaisie s’est exercée, quelquefois à l’endroit où on le croirait le moins.

Comme œuvre d’art, on lui a fait le reproche d’être beaucoup trop douloureuse ; et quelques personnes m’ont dit avec une certaine amertume : “ Pourquoi m’avez-vous fait souffrir ainsi ? ” Mais je me rappelle la réponse de mon père lorsque je lui ai fait connaître cette critique : “ Et pourquoi ne souffriraient-elles pas ? Elle a bien souffert, *elle ;* cela leur fera du bien ; car la pitié, une franche pitié, est, comme dit le vieil Aristote, “ de nature à purifier l’esprit. ” Et quoique dans toutes les œuvres d’art, il y ait une plus grande somme de satisfaction, lorsque le bonheur et la joie triomphent en fin de compte du malheur et du chagrin — le but final de tout art étant le plaisir, — quoi qu'on puisse penser des choses tout d'abord plaisantes et agréables, des aventures qui sont vraies et qui tournent bien — cependant il y a un plaisir étrange, un des plus grands et des plus singuliers qui soient dans notre nature, à souffrir en imagination avec et pour les autres, —

> " Dans les compatissantes pensées qui prennent leur source
> Dans les souffrances humaines; "

car la sympathie est sans valeur, elle n'est pas la sympathie, si elle n'est accompagnée d'une certaine douleur personnelle. C'est l'idée de la vie future qui donne

> " .... Au contact de la main qui s'est glacée,
> Et au son de la voix qui s'est éteinte. "

sa véritable signification. Nos cœurs et notre pensée suivent Ailie et son mari, dans ce monde où la douleur n'existe plus, ou personne ne dit : " Je souffre. " Qu'est-ce que toute la philosophie de Cicéron, les lamentations de Catule, les tristes badinages d'Horace sur ce thème éternel : " Buvons et mangeons, " comparés à la simple foi du voiturier et de sa femme dans ces paroles : " Je suis la Résurrection et la Vie. "

Il me semble entendre sortir du champ du repos et

malgré les années écoulées la voix douce et affaiblie d'Ailie
essayant de murmurer —

Notre jolie fille est là, John,
Elle était belle et bonne, John,
Et nous murmurions quand nous l'avons cédée, John,
A la terre d'immortalité.

Mais le chagrin lui-même s'émousse, John,
La joie arrive à grands pas, John,
Cette joie qui seule durera, John,
Sur la terre d'immortalité.

LISTE DES GRAVURES.

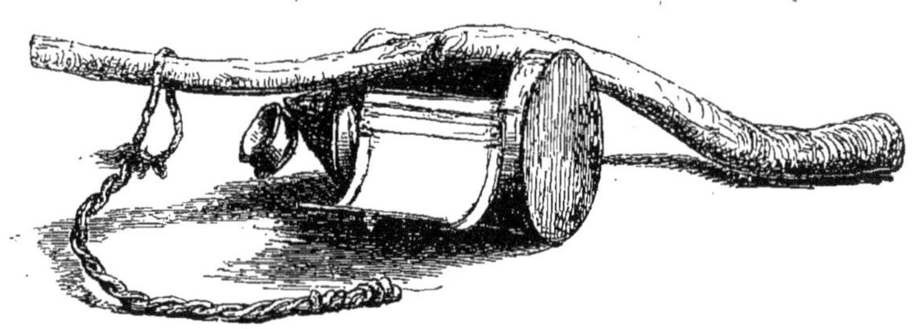

RAB ET SES AMIS.

RAB ET SES AMIS.

IL y a trente-quatre ans, Bob Ainslie et moi, nous remontions Infirmary Street en sortant de High School, tête contre tête, et bras dessus bras dessous, à la manière des amoureux et des écoliers, sans savoir ni comment, ni pourquoi.

Parvenus au bout de la rue, et ayant tourné au nord, nous apercevons un rassemblement près de l'église de Tron.

" Un combat de chiens ! " s'écria Bob.

Et le voilà parti ; j'en fais autant, ne demandant qu'une chose tous deux, c'est que la bataille ne soit point terminée avant notre arrivée ! Et n'est-ce pas là, en effet, la nature des enfants ? Et même des hommes ? Qui de nous tous, tant que nous sommes, désire apprendre l'extinction d'un incendie avant de l'avoir vu ? Les chiens aiment à se battre ; le vieil Isaac dit " qu'ils y trouvent beaucoup de plaisir, "

3

et pour la meilleure de toutes les raisons ; on ne saurait donc accuser les enfants de cruauté parce qu'ils aiment à assister à une bataille de ce genre. Ils y voient déployer trois des grandes vertus cardinales du chien ou de l'homme — le courage, la force à supporter la douleur, et l'adresse — à leur degré le plus intense. C'est tout à fait autre chose d'aimer à faire battre les chiens, de les exciter pour s'en amuser, pour parier, et pour gagner de l'argent, grâce à leur force et à leur courage. Ceci est un genre de distraction ou de spéculation pour lequel tout jeune garçon, quelque batailleur qu'il soit, a de la répugnaance ou du mépris, s'il a bon cœur; mais cela n'en aurait empêché aucun de prendre ses jambes à son cou pour être de la partie avec Bob et moi : c'est un intérêt tout naturel, et non la satisfaction d'un mauvais instinct, qui pousse jeunes garçons et hommes à rechercher un spectacle où se déploient vigueur et habileté.

Les femmes, à qui leur délicatesse fait ignorer ces choses-là, ont-elles la curiosité de savoir comment Bob avait, d'un seul coup d'œil, deviné qu'il s'agissait d'une bataille de chiens? Il ne voyait pas, il ne pouvait pas voir les chiens se battre; c'était un pressentiment, l'effet d'une induction spontanée qui lui avait passé dans le cerveau comme un éclair. La foule qui s'amasse autour de deux chiens qui se battent est composée principalement d'hommes; de temps à autre, on voit en dehors du cercle rôder d'un air effaré une femme empressée, émue de compassion, qui ne ménage, ni de la langue, ni du geste, ces hommes qu'elle traite "de brutes;" c'est un rassemblement compact, mouvant; c'est un groupe centripète, dont tous les yeux et toutes les têtes sont tournés, baissés dans la même direction, sur un seul et même foyer d'action.

Enfin, Bob et moi nous voici arrivés, et le combat n'est pas terminé : un petit bull-terrier blanc, de pure race, s'efforce d'étrangler un gros chien de berger peu accoutumé à se battre, mais qui, toutefois, n'est pas un adversaire à dédaigner. La lutte est acharnée, le doguet déploie pour ainsi dire l'art d'un bretteur consommé, tandis que son rustique antagoniste se bat sans méthode, comme un sauvage, mais avec un grand courage et avec les dents les plus pointues qui furent jamais. La science et l'éducation ont cependant bientôt le dessus : Game Chicken, c'est le surnom que le précoce Bob avait donné au terrier, finit par se frayer un chemin jusqu'à la gorge du pauvre Yarrow, qu'il ne lâche plus et qu'il tient sous son étreinte agonisant et vaincu. Son maître, jeune berger du Tweedsmuir, beau et robuste gaillard au teint brun, se serait de bon cœur jeté sur n'importe qui, eût fait n'importe quoi, pour venger son pauvre chien, s'il eût cru l'occasion favorable ; mais il était inutile de crosser le doguet à coups de pied, cela n'eût servi qu'à lui faire tenir son adversaire plus serré. C'était à qui des spectateurs s'égosillerait pour suggérer les meilleurs moyens d'en finir.

« De l'eau ! » criaient les uns.

Mais il n'y avait pas d'eau à proximité, et on n'eût pu s'en procurer qu'à un puits assez éloigné.

« Mordez-lui la queue ! » conseillaient les autres.

Et un gros homme entre deux âges, à la mine insignifiante et débonnaire, plus officieux que bien avisé, parvient avec peine à fourrer dans sa grande bouche le bout de la queue touffue d'Yarrow, et il la mord de toutes ses forces. C'en est trop pour la patience du berger qui sue à grosses gouttes ; un éclair de joie illumine sa large face, et il applique un terrible coup de poing en pleine figure au gros officieux entre deux âges. Celui-ci tombe lourdement comme un boulet amorti.

Le doguet tient toujours bon : Yarrow est en danger de mort.

« Du tabac ! une prise de tabac ! » demande, d'un ton calme, un jeune élégant, d'une mise recherchée et ayant un lorgnon dans le coin de l'œil.

« Ah ! oui, du tabac ! » murmure la foule exaspérée, toisant le donneur de conseils d'un regard railleur.

“ Du tabac ! une prise de tabac ! ” repète le dandy avec un redoublement d'insistance.

Et aussitôt plusieurs tabatières de s'offrir toutes grandes ouvertes, notre homme puise une pincée dans une vieille boîte de corne qui pouvait bien dater de la bataille de Culloden ; il pose un genou à terre, et dépose le tabac sur le nez de l'enragé terrier. En vertu des lois de la physiologie et grâce aux propriétés du tabac, Game Chicken éternue, et Yarrow est délivré.

Le jeune et gigantesque berger prend Yarrow dans ses bras, il l'emporte, — et le console de son mieux.

Mais le terrier a le sang échauffé et l'âme mécontente ; il fond sur le premier specimen de la race canine qu'il rencontre ; reconnaissant qu'il a affaire non à un chien mais à une chienne, il fait une rapide amende honorable, à la façon d'Homère, et continue sa course. Les gamins, qui se trouvent dans la foule, le suivent ; Bob et moi sommes à leur tête ; il descend Niddry Street et remonte la Cowgate avec la rapidité d'une flèche, toujours animé des plus mauvaises dispositions, nous traînant toujours à sa remorque, Bob, moi et les gamins, tous plus essoufflés les uns que les autres.

Sous l'arche unique de South Bridge, un énorme mâtin flâne au milieu de la chaussée, pour ainsi dire les mains dans ses poches ; il est vieux et de la grosseur d'un petit taureau des montagnes d'Écosse; il a le poil gris, tavelé, et de formidables fanons qui s'entrechoquent à chaque pas qu'il fait.

Game Chicken s'élance droit sur lui, et lui saute à la gorge. A notre grand étonnement, le gros chien ne fait que s'arrêter, se dresser, et hurler. Oui, hurler; d'un hurlement prolongé, lugubre, significatif. Qu'y a-t-il? Bob et moi, nous accourons près d'eux : IL EST MUSELÉ! La municipalité à ordonné que tous les chiens soient muselés, et son maître, s'attachant avant tout à la solidité et à l'économie, a emprisonné ses fortes mâchoires dans un grossier appareil taillé par quelque artiste de ménage dans un vieux haut-de-chausses de peau. Sa gueule était ouverte aussi grande qu'il le pouvait; ses lèvres crispées par la fureur, faisaient une horrible grimace; ses dents brillaient grinçantes et menaçantes, comme une lumière dans l'obscurité; la courroie qui lui serrait le museau était tendue comme la corde d'un arc; tout son corps roidi frémissait d'indignation et de surprise; son hurlement semblait supplier chacun de nous, et nous dire : " Avez-vous jamais vu chose pareille? " On l'eût pris pour une statue de granit d'Aberdeen, représentant à la fois la colère et l'étonnement.

Nous eûmes bientôt formé un cercle : le terrier ne lâchait pas prise.

“ Un couteau! ” s'écrie Bob.

Et un savetier lui passe son tranchet : vous connaissez cette espèce de lame, affilée obliquement en pointe, et toujours tranchante. J'en applique le fil sur le cuir tendu; il se fend de part en part, puis! — rien qu'un hochement soudain de cette énorme tête, une bouffée de vapeur humide de cette large gueule, pas le moindre bruit, — et l'audacieux et farouche petit assaillant roule dans la poussière, inerte, flasque, mort. Nous gardons tous un morne silence : c'était plus que ce que nous avions prévu. Je retournai sens dessus dessous le pauvre animal, et m'assurai qu'il était bien mort : le mâtin l'avait saisi, comme un rat, au bas de l'épine dorsale, et l'avait tué du coup.

Sa colère apaisée, il regarda sa victime d'un air confus, ébahi, flaira le cadavre dans tous les sens, le contempla un instant, puis, soudain, comme changeant d'idée, il se détourna et décampa. Bob ramassa le chien mort.

“ John, me dit–il, nous l'enterrons ce soir après le thé.

— Oui, ” lui répondis–je.

Et je me mis à courir après le mâtin. Il remontait vers la Cowgate au pas accéléré; il paraissait avoir oublié quelque rendez–vous. Après avoir tourné le coin de Candlemaker Row, il s'arrêta à l'auberge de la Herse.

A la porte, il y avait une voiture de messager toute prête à partir; un petit homme maigre, d'une physionomie sombre et intelligente, la main appuyée sur la tête de son cheval gris, regardait de tous côtés avec l'impatience et le mécontentement de l'attente.

" Rab!... ah!... brigand!... c'est toi!... enfin!... " dit-il, en lançant un coup de pied à mon grand ami.

Celui-ci recula en rampant, esquiva l'atteinte du grossier soulier avec plus d'agilité que de dignité; puis, guettant l'œil de son maître, et baissant les oreilles et ce qui lui restait de queue, il alla se blottir tout déconcerté sous la voiture.

Quel homme ce doit être — me dis-je à part moi — que celui devant lequel mon redoutable héros baisse la queue! Le messager vit pendre à son cou la muselière, coupée et désormais sans utilité, et je m'empressai de lui raconter l'histoire qui précède, histoire que, dans ma pensée et dans celle de Bob, à cette époque, comme aujourd'hui encore, Homère, le Roi David, ou Sir Walter Scott, me paraissaient seuls capables de rapporter dignement. Mon récit radoucit l'austère petit homme qui condescendit à dire : " Mon Rab, mon garçon, mon pauvre Rabbie. " — A ces mots, le moignon de queue se retroussa, les oreilles se redressèrent, les yeux brillèrent et prirent une expression satisfaite; les deux amis étaient réconciliés.

" Hue ! "

Un coup de fouet fut allongé à Jess, la jument, et le trio s'éloigna.

Dans la même soirée, Bob et moi, ayant pris notre thé à la hâte, nous enterrâmes Game Chicken dans le verger de sa maison, au N° 17 de Melville Street; nous procédâmes à cette cérémonie avec une gravité solennelle et dans un morne silence; et comme à cette époque nous étions en train de traduire l'Iliade, et que, ainsi que tous les écoliers, nous étions du parti des Troyens, nous gravâmes le nom d'Hector sur sa tombe.

SIX années se sont écoulées, — c'est un long espace de temps pour un jeune garçon et pour un chien. —Bob Ainslie est parti pour la guerre; moi, je suis étudiant en médecine, et interne à l'Hôpital de Minto.

Je voyais Rab presque toutes les semaines, le Mercredi; et nous étions ensemble sur le pied de la plus douce intimité. J'avais trouvé le chemin de son cœur en grattant fréquemment sa grosse tête, et en lui donnant de temps en temps un os. Quand je ne faisais pas attention à lui, il se

4

plantait droit devant moi, debout, remuant son rudiment de queue, le nez en l'air, la tête un peu de côté. Je voyais assez souvent son maître; d'habitude il me saluait du titre de Master John, mais il était d'un laconisme à rendre jaloux un Spartiate.

Par une belle après-midi du mois d'Octobre, au moment où je quittais l'hôpital, je vis s'ouvrir la grande porte et entrer Rab, avec ses grands airs de flânerie et de sans-gêne. On eût dit qu'à lui tout seul il prenait possession des lieux, comme un grand guerrier faisant son entrée dans une ville conquise, paré des lauriers de la victoire et de la paix. Il était suivi de Jess, aujourd'hui blanchie par l'âge, et traînant après elle la voiture accoutumée, dans laquelle était une femme soigneusement emmitoufflée, — le messager conduisait la jument d'un air inquiet et regardait sans cesse derrière lui. En me voyant, James (il se nommait James Noble) me fit un salut écourté et grotesque.

« Master John, me dit-il, voici notre bourgeoise, elle a attrapé mal au sein — une espèce de grosseur à ce que nous croyons. »

A ce moment j'aperçus la figure de la femme; elle était assise sur un sac bourré de paille, enveloppée dans le plaid de son mari, et les pieds entortillés dans son pardessus à gros boutons de métal blanc.

Je n'ai jamais vu de visage dont le souvenir fût plus ineffaçable — sans rien avoir cependant de ce que nous appelons la beauté; c'était un visage pâle, grave, plein de douceur et de délicatesse, empreint de cette expression que donne seul l'isolement. Elle paraissait avoir soixante ans; elle portait un bonnet blanc comme neige garni de rubans noirs; ses cheveux lisses et argentés faisaient ressortir ses yeux d'un gris foncé, — des yeux comme on n'en rencontre que deux ou trois fois en sa vie, trahissant bien des souffrances, et aussi bien des efforts pour les surmonter; ses sourcils étaient noirs et fins, et sa bouche respirait à la fois la fermeté, la patience, et la résignation, ce qui est l'apanage de très-peu de bouches.

Je le répète, je n'ai jamais vu de physionomie plus saisissante, plus réservée, plus calme, et plus placide.

" Ailie, dit James, c'est Master John, le jeune docteur, l'ami de Rab, tu sais. Nous parlons souvent de vous, docteur."

La bonne femme sourit, fit un mouvement, mais ne prononça pas une parole; puis, elle se débarrassa du plaid, se leva, et se prépara à descendre de la voiture. Salomon, dans toute sa splendeur, offrant la main à la Reine de Saba, sur le seuil de son palais, n'aurait pu déployer plus de délicatesse, plus de gracieuseté, plus de tendresse que n'en déploya James le messager de Howgate, en enlevant sa femme Ailie dans ses bras pour la descendre de voiture. C'était un spectacle étrange que le contraste offert par le visage de cet homme maigre, basané, hâlé, vif, ouvert, auprès de ces traits féminins, beaux et résignés. Rab avait l'air attristé, intrigué, mais prêt à tout ce qui pourrait advenir, — s'agît-il d'étrangler l'infirmière, le concierge de l'hospice, ou moi-même au besoin. Ailie et lui semblaient être grands amis.

" Comme je viens de vous le dire, docteur, elle a mal au sein; voulez-vous voir? "

Nous entrâmes tous quatre dans la salle des consultations; Rab ayant une mine renfrognée et toute drôle, disposé à se montrer satisfait et plein de confiance si on lui en donnait le sujet, comme aussi à être tout le contraire aux mêmes conditions. Ailie s'assit, défit sa robe dégraffée et son fichu de linon d'autour de son cou, et, sans dire un mot, me découvrit son sein droit. Je le regardai et l'examinai avec soin, — la malade et James cherchaient à lire dans mes yeux, et Rab nous dévisageait tous les trois. Que dire? Ce sein, qui avait été autrefois si doux, si blanc, si beau de forme, si gracieux, si fécond, si riche de charmes, était maintenant dur comme une pierre; c'était le siége d'un mal horrible, et ce visage pâli, ces yeux gris, clairs, résignés, cette bouche, si douce et si ferme en même temps, indiquaient tout ce qu'il avait fallu de courage pour supporter de si cruelles souffrances. Pourquoi cette femme bonne, affectueuse, modeste, rangée, aimable, était-elle condamnée par Dieu à porter un si lourd fardeau?

Je la fis mettre au lit.

" Pouvons-nous rester, Rab et moi? dit James.

— Oui, vous le pouvez, et Rab aussi, s'il veut se bien comporter.

— Je vous garantis qu'il se comportera bien, docteur. "

Et le fidèle animal se faufila avec nous. J'aurais voulu que vous pussiez le voir. Il n'y a plus de chiens comme cela aujourd'hui. Il appartenait à une race perdue. Comme je l'ai dit, il avait le poil tavelé et gris, comme du granit de Rubislaw, court, dur, et serré comme celui du lion; il avait le corps ramassé comme un petit taureau — des formes trapues, herculéennes. Il devait peser quatre-vingt-dix livres au moins; il avait une grosse tête disgracieuse; son museau était noir comme la nuit, et sa gueule plus noire que les plus sombres ténèbres; il ne lui restait qu'une dent ou deux, que leur blancheur faisait distinguer dans l'ombre de ses noires mâchoires. Sa tête était toute couverte de balafres, cicatrices d'anciennes blessures, traces de nombreux combats; il avait un œil crevé et une oreille coupée ras comme celle du père de l'Évêque Leighton; mais l'œil qui

lui restait en valait deux ; au-dessus et en communication
constante avec lui pendillait un lambeau d'oreille, qui se dé-
ployait sans cesse comme un vieux drapeau ; enfin, n'oublions
pas ce tronçon de queue d'environ un pouce de long, si toutefois l'on peut parler de sa longueur, car il était aussi gros
qu'écourté — ce moignon d'une mobilité, d'une instanta-
néité vraiment bouffonne et surprenante ; il n'y avait rien
de plus bizarre et de plus rapide que l'échange de com-
munications, à l'aide de brandillements et de clignotte-
ments expressifs, entre cette queue, cet œil, et cette
oreille unique.

Rab avait la dignité et la simplicité des êtres forts ; sa
carrière n'avait été qu'une série de combats pour atteindre
à la souveraineté absolue : il était dans sa sphère aussi puis-
sant que Jules César ou que l'Empereur Napoléon, et il
avait la gravité [1] de tous les grands guerriers.

Vous devez avoir souvent remarqué la ressemblance
qu'ont certains hommes avec certains animaux, et celle de
certains chiens avec des hommes. Or, je n'ai jamais regardé
Rab sans penser au grand prédicateur Baptiste, Andrew

1. Un garde-chasse des Highlands à qui l'on demandait pourquoi certain
terrier, d'une espèce particulière, était bien plus majestueux que les
autres chiens, répondit : " Oh ! monsieur, la vie est pour lui pleine de sérieux, et il ne peut jamais arriver à en prendre assez. "

Fuller[1]. Mêmes traits durs, prononcés, menaçants, belliqueux, sombres, mais francs ; même œil profond, inévitable, — un tonnerre qui dort mais qui est toujours prêt à foudroyer, — ni homme ni chien avec qui pouvoir badiner.

Le lendemain, le chirurgien, mon maître, examina Ailie. Sans aucun doute, le mal la tuerait, et avant peu. Il fallait l'enlever — de manière à ce qu'il ne revînt plus — l'opération lui procurerait un prompt soulagement — elle devait s'y soumettre. Elle s'inclina, et regarda James.

" Quand ? demanda-t-elle.

— Demain ", dit le chirurgien, homme bienveillant — mais peu parleur.

La malade, James, Rab, et moi, nous nous retirâmes. Je remarquai que l'homme et la femme parlaient peu, mais

---

1. Fuller, dans sa jeunesse, n'étant encore que garçon de ferme à Soham, était renommé comme boxeur ; il n'était pas querelleur, mais il n'était pas sans éprouver " ce rude plaisir " qu'un homme fort et courageux ressent à exercer ces deux dons de la nature. Le docteur Charles Stewart, de Dunearn, dont les qualités rares et le mérite comme médecin, théologien, savant, et homme du monde, ne se sont perpétués que dans la mémoire des quelques personnes qui l'ont connu et lui survivent, aimait à raconter que M. Fuller disait ordinairement que, lorsqu'il était en chaire et voyait passer un homme vigoureux, il s'en faisait un antagoniste imaginaire, se redressait instinctivement comme pour se mesurer avec lui, et concertait comment il pourrait soutenir la lutte, et qu'en même temps il serrait les poings tout prêts à frapper. C'eût été un rude jouteur s'il eût été de même force à la boxe qu'au prêche ; c'eût été ce qu'on appelle un rude gaillard.

qu'ils paraissaient deviner l'un et l'autre leurs pensées. Le lendemain, à midi, les étudiants entrèrent, et montèrent précipitamment le grand escalier. Au premier palier, sur une planche noire bien connue des étudiants, on trouva, collé avec des pains à cacheter et des débris de pains à cacheter, un morceau de papier portant ces mots : " Aujourd'hui, opération. — J. B. *Interne.*"

Les jeunes gens accoururent à l'envi pour s'assurer de bonnes places; il y avait foule; une curiosité des plus vives; des conversations très-animées.

" Quel genre d'affection? se demandait-on. De quel côté est le mal? "

N'allez pas croire que ces jeunes gens manquent de cœur; ils ne sont ni meilleurs ni pires que vous et moi; ils sont au-dessus des horreurs de leur profession, et n'y voient que leur travail ordinaire; chez eux la pitié, en tant qu'*émotion,* se manifestant en fin de compte par des larmes ou des sanglots, s'est affaiblie, tandis que la pitié, en tant que *motif,* est devenue plus vive et a gagné de la force et de l'initiative. Tant mieux pour la pauvre nature humaine.

L'amphithéâtre est encombré, on cause, on plaisante, c'est tout l'entrain, toute la pétulance de la jeunesse. Le chirurgien en chef arrive avec son escorte d'aides. Ailie entre; son aspect suffit pour apaiser et contenir les étudiants les plus turbulents. La vue de cette vieille femme, belle encore, leur impose ; ils s'asseyent silencieux, et la regardent. Ces jeunes étourdis subissent l'influence de sa présence. Elle marche vite, mais sans précipitation ; elle est coiffée de son bonnet Écossais, son col est couvert de son fichu de linon, et elle porte sa camisole de basin blanc et son jupon d'alépine noire qui laisse voir ses bas de laine blancs et ses pantoufles de tapisserie. Derrière elle, venaient James et Rab. James s'assit à quelque distance de sa femme, et prit entre ses genoux la grosse tête du noble animal. Rab faisait une mine perplexe et menaçante ; il dressait et baissait tour à tour son unique oreille.

Obéissant à son ami le chirurgien, Ailie monta sur une chaise et se coucha sur la table ; elle s'y mit à son aise, jeta à la dérobée un rapide regard sur James, s'appuya sur moi, et me prit la main. Enfin l'opération commença ; elle se fit nécessairement avec lenteur ; le chloroforme — ce don de Dieu pour ses enfants qui souffrent — n'était pas encore inventé à cette époque. Le chirurgien accomplit sa tâche. La pâleur du visage de la patiente révélait les douleurs qu'elle éprouvait, mais elle restait calme et muette. Rab paraissait en proie à une vive agitation intérieure ; il voyait qu'il se passait quelque chose d'étrange, — le sang coulait du sein de sa maîtresse, et elle souffrait ; son lambeau d'oreille se hérissait à chaque instant, malgré lui ; il hurlait et manifestait de temps en temps son impatience par de sourds grognements ; il aurait volontiers sauté sur l'opérateur. Mais James le tenait ferme, et lui appliquait une tape de temps à autre sur la tête, quand il ne le menaçait pas d'un coup de pied ; — il était heureux pour James qu'il eût de pareilles distractions, car elles détournaient son regard et sa pensée de la pauvre Ailie.

L'opération est achevée : Ailie descend doucement et gracieusement de la table, et cherche James des yeux ; puis, se retournant vers le chirurgien et les étudiants, elle leur fait la révérence, — et, d'une voix basse mais distincte, elle leur demande pardon de la peine qu'elle leur a causée. Nous pleurions tous comme des enfants ; le chirurgien l'enveloppa avec soin, et, s'appuyant sur James et sur moi, Ailie regagna sa chambre, suivie de Rab. Nous la mîmes au lit. James ôta ses gros souliers ferrés, remplis de clous au talon et au bout de la semelle, et les glissa avec précaution sous la table.

« Master John, me dit-il, je ne veux aucune de vos infirmières pour Ailie. Je la veillerai moi-même en marchant sur la semelle de mes bas, je ne ferai pas plus de bruit qu'un petit chat. »

Aussitôt dit, aussitôt fait, et ce petit homme aux mains calleuses, aux manières rudes, au ton tranchant, se montra aussi adroit, aussi alerte, aussi prévoyant, aussi tendre qu'une femme. Il donnait à la malade tout ce qu'il lui fallait; il dormait très-peu et souvent, dans l'obscurité, je voyais ses petits yeux vifs fixés sur elle. Comme auparavant, ils ne se parlaient guère.

Rab se comportait à merveille, ne remuant jamais, et nous montrant jusqu'à quel point il pouvait pousser la douceur et la soumission; parfois, dans son sommeil, il nous donnait à penser qu'il terrassait quelque adversaire. Il faisait tous les jours un tour de promenade avec moi, nous allions régulièrement jusqu'à Candlemaker Row, mais il était toujours sombre et pacifique, refusait de se battre, quoiqu'il se présentât de bonnes occasions, et tolérait même certains affronts; il était toujours fort empressé de rentrer, hâtait le pas pour s'en retourner, grimpait l'escalier avec une grande légèreté, et allait droit à la chambre où étaient ses maîtres.

Jess, la jument, avait été renvoyée avec son vieil attelage à Howgate, et elle était sans doute plongée dans de calmes réflexions et de vagues inquiétudes à propos de l'absence de son maître et de Rab, et ne savait trop comment s'expliquer pourquoi elle ne traînait plus son véhicule sur la route qu'elle avait l'habitude de parcourir : c'était un fait si peu naturel !

Pendant quelques jours Ailie alla bien. La plaie se cicatrisa après les premiers pansements, car, comme disait James, " notre Ailie a la peau trop saine pour se gâter. " Les étudiants inquiets venaient sans bruit entourer le lit de la malade. Elle aimait, disait-elle, à voir leurs jeunes et francs visages. Le chirurgien la pansait, et lui parlait de son ton bref mais affectueux ; la pitié se lisait dans ses yeux. Rab et James se tenaient en dehors du cercle, — Rab réconcilié maintenant et cordial même, convaincu qu'il n'y avait personne à qui montrer les dents, mais comme on peut le supposer, *semper paratus.*

Tout était pour le mieux jusque-là, mais quatre jours après l'opération ma malade fut prise subitement d'un long frisson, " une fraîcheur, " disait-elle. Je la vis un instant après ; ses yeux brillaient trop, sa joue était trop colorée ; elle était inquiète et honteuse de s'agiter ainsi ; l'équilibre était rompu, la situation commençait à devenir périlleuse. En regardant la plaie, j'observai une rougeur qui me donna le mot de l'énigme : le pouls de la malade était rapide, sa respiration difficile et accélérée, "elle n'était plus la même," disait-elle, et elle se tourmentait de ne plus pouvoir se tenir tranquille. Nous essayâmes tous les moyens en notre pouvoir pour la calmer. James était à tout et partout, sans jamais gêner personne, sans jamais rester en arrière ; Rab, tapi sous la table, dans un coin obscur, se tenait immobile, si ce n'est que son œil suivait les mouvements de chacun. Ailie allait de mal en pis ; elle commençait à déraisonner, mais sans emportement, elle était plus expansive dans ses manières à l'égard de James, elle faisait succéder ses questions avec rapidité, et parfois elle manifestait de l'aigreur. James s'en affligeait.

" Jamais elle n'a été comme cela, disait-il, non; jamais. "

De temps en temps elle s'apercevait que sa tête s'égarait et nous demandait pardon.... la pauvre et excellente vieille femme ; puis, le délire revenait plus fort, et ne cessait plus. Le cerveau fléchit enfin, et alors nous assistâmes à l'affreux spectacle de " l'intelligence égarée, mêlant mots et choses, et entraînée sur la voie dangereuse et sombre de la folie, " elle chantait des bribes de vieilles chansons et de psaumes, s'arrêtant tout à coup, et entremêlant les saintes paroles de David et les versets plus saints encore des Évangiles, de futilités de ménage et de lambeaux de ballades profanes.

Je n'ai jamais rien vu de plus touchant, et, dans un sens, de plus étrangement beau. Sa voix tremblotante, brève, affectueuse, empressée, avec son accent écossais, bégayait des sons étouffés; sa pensée divaguait sans but, sans repos, son œil vif étincelait; elle prononçait des mots sans suite, les uns ayant trait aux soins du ménage, les autres adressés à James; elle citait des noms de personnes mortes, elle appelait Rab d'une voix frémissante et brusque, et le pauvre animal se dressait, tout surpris, et sortait furtivement de son coin comme s'il eût craint d'être grondé ou comme s'il eût rêvé qu'on l'appelait. Ailie faisait aussi bien des questions, bien des supplications, qu'elle se donnait les plus grandes peines pour rendre le plus lucides possible, et auxquelles cependant ni James ni moi ne pouvions rien comprendre, puis elle se laissait retomber en arrière sans avoir reçu de réponse. C'était fort triste, mais meilleur que bien des choses que l'on ne qualifie pas de tristes. James rôdait de tous côtés dans la chambre, désolé, ne sachant à quel saint se vouer, mais aussi actif, aussi ponctuel que jamais. Quand il y avait un instant de calme, il lui lisait de petits fragments de psaumes, dont il lui chantait la partie versifiée de son ton rude et sérieux, en appuyant à propos sur certains mots; il se soutenait comme il sied à un homme, et prodiguait mille témoignages d'affection à son Ailie. "Ailie, ma femme! Ma bonne et chère femme!"

La fin approchait : le vase d'or allait se briser; la corde

d'argent se détendait rapidement; — l'âme se préparait à prendre son essor, et à abandonner ce corps, dont elle était la compagne depuis soixante ans — *animula blandula, vagula, hospes, comesque,* comme dit le poëte. Elle s'en allait seule à travers cette sombre vallée, dans laquelle nous devons tous entrer un jour; — et pourtant elle n'était pas seule, car nous connaissons celui qui la soutenait et la protégeait.

Une nuit elle s'était calmée, et comme nous l'espérions, endormie; ses yeux étaient fermés. Nous baissâmes le gaz, et nous nous assîmes près de son chevet pour la veiller. Tout à coup elle se leva sur son séant; et, prenant une robe de chambre qui était enroulée sur son lit, elle la serra avec empressement sur son sein, — du côté droit. Nous pûmes voir ses yeux s'animer de tendresse et de joie d'une façon surprenante, pendant qu'elle se penchait sur ce paquet d'étoffe. Elle le tenait comme une femme tient son nourrisson; entrouvrant sa chemise de nuit avec impatience, serrant le paquet contre son sein, le couvant des yeux, et murmurant de petits mots insensés, comme une mère en trouve pour consoler son enfant, qu'elle apaise et contente en l'allaitant. C'était un spectacle émouvant et étrange que de voir ce regard éteint, mourant, encore perçant, mais hagard — respirant encore un amour immense.

« Que Dieu ait pitié de moi ! » s'écria James en poussant un gémissement et succombant à son chagrin.

Ensuite la malade berça le paquet comme pour le faire taire et l'endormir; et elle lui prodiguait des caresses infinies.

« Ayez pitié de moi, docteur; je crois qu'elle pense tenir la petite, » dit James.

« Quelle petite? »

« La seule petite que nous ayons jamais eue; notre pauvre Mysie; et voilà quarante ans et plus qu'elle est dans le royaume des cieux. »

C'était la pure vérité : la douleur du sein, en refluant vers ce cerveau en ruines, en réagissant sur cette intelligence égarée, était cause de cette erreur; elle avait réveillé en elle l'idée de la souffrance qu'occasionne une mamelle engorgée de lait, puis l'idée d'un enfant qui demande à téter; et la mère et la fille se retrouvaient ensemble; et Ailie pressait encore sa pauvre petite Mysie sur son sein.

Nous touchions au dénoûment. Elle s'affaissa rapidement : le délire la quitta; mais ce fut pour faire place à une complète imbécillité; elle en avait conscience et nous l'avouait tout bas; c'était la lueur de l'éclair avant les ténèbres suprêmes. Après être demeurée tranquille pendant quelque temps, elle ferma les yeux et appela.

« James ! »

Il s'approcha, et ouvrant ses beaux yeux calmes et clairs, elle contempla son mari longuement, me regarda affectueusement, mais très-peu de temps, chercha Rab du regard sans pouvoir le voir, puis se tourna encore une fois du côté de James, comme si elle n'eût pas voulu détacher les yeux de dessus lui, ferma ses paupières, et demeura immobile. Elle resta quelque temps sans bouger; sa respiration était haletante, mais s'échappait de ses lèvres si doucement, si faiblement, que nous la crûmes morte. James, d'après une ancienne coutume, tint un miroir devant le visage de la malade. Après une longue pause, un léger souffle vint ternir la glace; cette tache disparut bientôt et ne revint plus, laissant la surface polie comme auparavant. " Qu'est-ce que notre vie? Ce n'est qu'une vapeur qui paraît un instant, puis se dissipe pour toujours. "

Rab, jusqu'à ce moment, quoique tout à fait éveillé, n'avait pas bougé; il s'avança alors près de nous; la main d'Ailie, que James venait de lâcher, pendait hors du lit; elle était trempée des larmes du pauvre homme; Rab la lécha tout entière avec soin, regarda sa maîtresse, et retourna à sa place sous la table.

James et moi nous restâmes assis, je ne saurais dire combien de temps, mais pendant assez longtemps, — sans rien dire. Tout à coup James se leva, alla bruyamment à la table, tira ses souliers de dessous, en fourrant dans chacun l'indicateur et l'index de la main droite ; et en les chaussant, il cassa un des cordons de cuir.

" Jamais pareille chose ne m'était arrivée auparavant ! " murmura-t-il avec colère.

Je crois en effet que cela ne lui était jamais arrivé, ni ne lui arriva jamais plus tard.

" Rab ! " dit-il brusquement, en lui montrant du pouce le dessus du lit.

Rab sauta et s'installa sur la couverture, l'œil et la tête tournés sur le visage de la morte.

" Master John, voulez-vous m'attendre ? " dit le messager.

Et il disparut dans l'obscurité, faisant trembler l'escalier sous ses gros souliers. Je courus à une fenêtre ouvrant sur la cour ; il était déjà sorti de la maison, et franchissait la grande porte, fuyant comme une ombre.

J'étais inquiet, sans cependant être positivement effrayé à son sujet ; je m'assis à côté de Rab ; et, fatigué comme je l'étais, je m'endormis. Je fus tout à coup réveillé par un bruit venant du dehors. On était au mois de novembre, et il était tombé beaucoup de neige. Rab persista dans le *statu quo ;* il avait aussi entendu le bruit, il en connaissait parfaitement la cause, mais il ne bougeait point. Je regardai au dehors, et, à la porte de la rue, à travers la brume du matin — car le soleil n'était pas encore levé — je distinguai Jess et la voiture; un nuage de vapeur sortait des naseaux de la vieille jument. Je ne vis pas James; il était déjà à la porte de la maison; il eut bien vite gravi l'escalier et ne tarda pas à me rejoindre. Il n'y avait pas trois heures qu'il était parti, et il lui avait fallu courir un train de poste — Dieu sait comment? — pour aller à Howgate, situé à neuf grands milles de l'Hôpital, atteler Jess, et amener en ville la pauvre bête étonnée. Il apportait une brassée de couvertures, et était baigné de sueur. Il me fit un signe de tête, et étendit sur le plancher deux paires de vieilles couvertures bien blanches, marquées à un des coins, " A. G., 1794, " en grandes lettres et en gros chiffres tracés avec de la laine rouge. C'étaient les initiales d'Alison Grœme; et James, autrefois, revenant tout trempé, tout fatigué, après avoir fait plusieurs milles dans la montagne, avait pu, du dehors voir son Ailie, — sans qu'elle le vît, mais non sans qu'elle pensât à lui, — dans l'intérieur du logis, tandis que tout dormait, assise près du foyer, et occupée à marquer son nom sur les couvertures destinées au lit de son cher James.

Il fit signe à Rab de descendre du lit, et, prenant sa

femme dans ses bras, il l'enveloppa solidement et soigneusement, laissant le visage découvert; puis il l'enleva, et me fit de nouveau un signe de tête expressif; enfin, d'un air résolu mais excessivement triste, il longea le couloir et descendit l'escalier, suivi de Rab. Je l'accompagnai une lumière à la main; mais il n'avait pas besoin d'être éclairé. Je sortis, tenant toujours stupidement mon chandelier, sans y songer, en plein air; la matinée était calme et glaciale; nous fûmes bientôt à la porte de la rue. J'aurais pu l'aider, mais je compris qu'il ne fallait pas se mêler de ses affaires; il était fort, et n'avait pas besoin qu'on lui donnât un coup de main. Il l'étendit sur la voiture, avec la même tendresse, avec les mêmes précautions qu'il l'en avait enlevée dix jours auparavant — avec la même tendresse que ·la première fois qu'il l'avait serrée dans ses bras, lorsqu'elle n'était encore que " Alison Grœme, " — il l'y installa en laissant découvert et tourné vers le ciel ce beau visage portant l'empreinte de la mort; ensuite, saisissant Jess par la tête, il partit, sans prendre garde ni à moi ni à Rab, qui fermait la marche et suivait derrière la voiture.

Je les accompagnai jusqu'à ce qu'ils eussent dépassé la grande ombre du Collége et détourné pour monter Nicolson Street. J'entendis la voiture solitaire retentir sur le pavé des rues; l'écho mourait et revenait tour à tour; enfin je m'en retournai, pensant à ce cortége que je me représentais gravissant Libberton Brae, longeant Roslin Muir, et les Pentlands effleurés déjà par la lumière naissante du matin qui faisait ressembler l'homme et les bêtes à des fantômes; puis à la descente de la montagne, traversant les bois d'Auchindinny, et Woodhouselee que j'avais tant de fois visité; au moment où l'aube dissipait les brouillards sur les Lammermuirs glacés, et éclairait la maisonnette du messager, l'attelage s'arrêta à la porte; James prit la clef, enleva Ailie de la voiture, et la déposa sur son lit; puis, après avoir mis Jess à l'écurie, il rentra, et s'enferma avec Rab.

James enterra sa femme, accompagné de ses voisins en deuil, Rab observa de loin la cérémonie. La terre était couverte de neige, et ce petit trou noir faisait un effet étrange au milieu de cette surface d'une blancheur sans tache. James veilla à tout; peu de temps après, il tomba malade subitement, et se mit au lit; il avait perdu connaissance lorsque vint le médecin, et il fut bientôt mort. Une espèce de fièvre sévissait dans le village; le manque de sommeil, l'épuisement, et l'abattement l'avaient prédisposé à en être atteint. La tombe ne fut pas difficile à rouvrir. La terre était redevenue blanche et unie sous une nouvelle couche de neige; Rab assista à ces secondes funérailles, puis il revint au logis se blottir dans l'écurie.

ET que devint-il? La semaine qui suivit les événements que je viens de raconter, je m'informai de lui au nouveau messager qui avait pris la suite des affaires de James, et était devenu possesseur de Jess et de sa voiture.

“ Comment va Rab? ”

Il sembla vouloir esquiver la réponse, et me dit d'un ton assez grossier :

“ Que vous importe ce chien? ”

Je n'étais pas d'humeur à me contenter d'une pareille rebuffade.

“ Où est Rab? ” demandai-je de nouveau.

L'homme, confus, rougissait, et se passait la main dans ses cheveux :

“ Mort, monsieur, me dit-il, Rab est mort.

“ — Mort!... de quoi est-il mort?

“ — Mais, monsieur, ajouta-t-il, en rougissant davantage, il n'est pas précisément mort; il a été tué. J'ai été obligé de lui casser la tête avec une fourche; on ne pouvait plus rien en faire. Il était toujours couché à l'écurie avec la jument, et ne voulait pas en sortir. J'ai tâché de l'apprivoiser avec du lait et de la viande, mais il n'a jamais voulu rien prendre ; il m'empêchait de faire manger ma bête ; il ne faisait que grogner et me sauter après les jambes. Il me répugnait de me défaire de ce pauvre vieux chien qui n'avait pas son pareil d'ici à Thornill, mais, vrai, monsieur, il ne m'a pas été possible de faire autrement. "

Je le crus. Fin digne de Rab, prompte et complète. Il avait perdu ses dents et ses amis, pourquoi aurait-il observé la paix et les règles de la civilité ?

Il a été enterré dans les genêts, près de la grange. Les enfants du village, " ses camarades, " qui avaient l'habitude de jouer avec lui et de se hucher sur son gros ventre quand il dormait étendu tout de son long au soleil, à la porte de son maître, avaient honoré cette solennité de leur présence.

FIN.

PARIS. — IMPRIMERIE GÉNÉRALE DE CH. LAHURE
Rue de Fleurus, 9